De la nécessité

D'APPELER IMMÉDIATEMENT AU TRÔNE

LE DUC D'ORLÉANS.

PAR CHARLES GRÉNIER.

30 JUILLET 1830.

(Se vend au profit des blessés.)

PARIS.

DELAUNAY, LIBRAIRE DE S. A. R. MADAME LA DUCHESSE D'ORLÉANS,
PALAIS-ROYAL.

DE LA NÉCESSITÉ

D'appeler immédiatement au trône

LE DUC D'ORLÉANS.

Il y a peu de jours un gouvernement monarchique existait qui semblait pouvoir être éternel. Il commandait sans entraves à trente millions de sujets ; il avait à sa dévotion des magistrats choisis par la couronne, il disposait de toutes les ressources qui constituent la force matérielle des plus riches états ; ses armées victorieuses allaient porter sa gloire dans une autre partie du globe ; ses fautes même n'avaient pu compromettre son pouvoir tant qu'il avait permis qu'elles fussent signalées. Tout à coup oubliant les conditions de son existence et méconnaissant l'esprit et les besoins des temps, il porte atteinte aux garanties que lui-même a données, et dont il tirait sa force morale. A peine la résistance a commencé, et déjà voilà qu'il n'est plus ! Terrible et significative leçon qui démontre qu'aucune puissance n'a de lendemain si elle ne peut compter sur l'assentiment des hommes qui y sont soumis.

Il est aujourd'hui tout-à-fait inutile de discuter sur les causes d'une si subite révolution ; ce qu'il importe de rechercher, c'est si elle a définitivement rompu le lien qui unissait le monarque au peuple ; et dans ce cas quel est le gouvernement qu'il convient de substituer à celui qui a cessé d'être.

On pressent bien que si la première question ne me semblait pas résolue contre la couronne, je ne poserais pas les questions subsidiaires; j'ai donc à démontrer d'abord que l'intérêt du pays exclue du trône le chef de la branche aînée des Bourbons. Je m'efforcerai de respecter l'infortune d'un prince que son caractère privé, sa grâce chevaleresque et la pureté de ses intentions auraient dû rendre cher aux Français si la faiblesse de l'âge, les fâcheux résultats d'une éducation peu appropriée aux circonstances, les scrupules d'une foi sans lumières, et de délicates considérations de position et de famille ne l'avaient entraîné à subir la direction d'une coterie ignorante qu'on ne peut pas même honorer du nom de *faction*.

Une vérité blâmée par les bons esprits parce qu'elle blessait les convenances parlementaires a retenti cependant de la tribune dans toutes les consciences, c'est que la majorité des Français avait vu le retour des Bourbons avec *répugnance*. Des rois imposés par l'étranger ne peuvent pas commencer par être populaires.

Fondés ou non, les motifs de cette répugnance semblaient alors s'attacher plus particulièrement à la personne du comte d'Artois. Pendant tout le règne de Louis XVIII, Monsieur fut, à tort ou à raison, regardé comme le chef et l'ame d'un gouvernement occulte dont les efforts tendaient à contrarier la marche parfois libérale du gouvernement de droit, et à étouffer dans leur germe les conséquences qui commençaient à sortir du pacte fondamental.

Enfin Charles X à son avénement au trône fit taire toutes les préventions par des actes et des paroles qu'on lui impute aujourd'hui à crime, parce qu'ils annonçaient un autre système que celui qui a été suivi et que les peuples sont toujours prompts à accuser les rois d'hypocrisie.

La longue lutte soutenue contre l'opinion générale par un ministère évidemment prévaricateur, et qui ne tomba qu'après avoir versé le sang du peuple; la brutalité avec laquelle de dignes et loyaux conseillers de la couronne furent, plus tard, remplacés par des hommes dont les noms étaient antipathiques à la France, avaient amené les sujets à douter des intentions du monarque.

L'autorité commença par s'offenser d'être suspectée, et vient de finir par justifier les soupçons qui avaient d'abord paru blesser si fort sa susceptibilité. Mais si les rois osent fouler aux pieds les conventions jurées, les peuples leur apprennent bientôt par de terribles représailles, qu'eux aussi ont leurs *coups d'état*.

A la lecture des fatales ordonnances, le peuple s'émeut, la consternation des classes moyennes lui fait apprécier toute l'étendue des maux qui menacent la patrie; les terreurs de l'industrie qui ferme ses ateliers le livrent à une dangereuse inaction, qui lui fait craindre de manquer de pain : il s'ameute, il s'exalte; on le mitraille pour l'apaiser; l'autorité prétend le ramener à l'obéissance par la force, comme si l'on pouvait convaincre à coups de canon. Qui le croirait? dans une ville ouverte, des troupes disciplinées, infanterie, cavalerie et artillerie habilement commandées, sont battues sur tous les points par des bandes d'hommes sans organisation, sans chefs, et qui n'ont d'autres armes que celles qu'ils arrachent aux vaincus ou qu'ils reçoivent des soldats, que séduit leur patriotique éloquence. Les moyens de résistance s'improvisent sur tous les points. Pendant que les plus vaillans combattent, les autres dépavent les rues et dressent des barricades, et comme par enchantement, Paris devient une place imprenable.

Il faut moins de temps au courage pour agir qu'à la prudence pour délibérer, et les citoyens qui ont acquis une salutaire influence par les services rendus à la cause publique n'ont pas encore avisé aux moyens de diriger les mouvemens du peuple, qu'il ne s'agit déjà plus que de le préserver lui-même de l'énivrement de la victoire; elle est complète avant d'avoir été prévue.

Pas un seul défenseur de la cause royale parmi les citoyens! Partout les insignes de la royauté sont détruits. Le drapeau tricolore est arboré, et j'ai regret de le dire, l'effigie du roi avilie et mutilée. Cependant cette inutile offense provoquée par les massacres dont on accuse trop légèrement le souverain, est le seul excès qui soit commis. Le peuple de 1830 a toute l'énergie de celui de 1789, sans en avoir la férocité. Il fait prompte justice de ceux des siens qui manquent à l'honneur de quelque manière que ce soit, il sollicite, il écoute les conseils des citoyens qui lui paraissent éclairés, avec une cordialité qui rassure les esprits les plus enclins à s'effrayer des fureurs populaires. Les chefs de l'opposition libérale se trouvent entraînés au-delà du but où tendaient leurs vœux ; on ne peut repousser la prière du peuple et l'abandonner à lui-même, un gouvernement provisoire est établi, tout rentre dans l'ordre, la monarchie seule est perdue.

La couronne avait repoussé les propositions qu'étaient allés lui soumettre dans l'intervalle et pendant les massacres les députés de Paris ; quand le gouvernement provisoire fut constitué, elle en vint faire à son tour, il n'était plus temps.

Quelque disposition que, malgré cette circonstance, on puisse encore supposer au gouvernement provisoire de montrer des ménagemens envers le prince dont il se trouve forcé d'usurper la puissance, peut-on croire qu'un rapprochement ait lieu, qui replace bien solidement Charles X sur son trône ? Le peuple, qui reste maître des armes qu'il a conquises et auquel son triomphe vient de révéler sa force, ne se fera-t-il pas plutôt exterminer que de consentir à retomber sous le joug de ceux qu'il appelle ses tyrans et ses meurtriers. — Les membres du gouvernement provisoire savaient en acceptant leur mandat qu'il impliquait la condition de ne pas rétablir l'ordre de choses qu'on renversait. Ils ne trahiront pas plus la confiance du peuple, que celui-ci ne les abandonnera dans le péril. La population de Paris se dévouerait tout entière à son tour pour sauver une seule des têtes qui se sont dévouées les premières pour la préserver de l'anarchie.

D'ailleurs, si Charles X traite, il avilit sa couronne et ne ressaisit qu'un pouvoir affaibli qui ne pourrait qu'être éphémère. Viendra-t-il se mettre sous la protection de cette même garde nationale qu'il a si indignement licenciée ?

Essaiera-t-il de reconquérir sa capitale à main armée ? Ce serait bien mal connaître l'esprit des troupes que de les croire disposées à exterminer la population parisienne résolue à la plus vigoureuse résistance. Les premiers régimens n'ont tiré que parce qu'ils vaient n'avoir *qu'une émeute* à apaiser ; mais l'armée entière ne

se laissera jamais entraîner dans une guerre civile ; vaillante et fidèle en face de l'Etranger, elle ne tirera pas l'épée contre les compatriotes qu'elle est appelée par la nature et la loi à protéger et à défendre. Ceux qui la croient susceptible d'enthousiasme pour la cause royale ne se rendent pas compte de ce qu'est aujourd'hui l'amour pour les rois. A peine les princes retrouvent-ils encore dans leurs cours le simulacre du culte dont ils étaient autrefois l'idole. L'amour des rois n'est plus qu'un dévoûment systématique qui se mesure à l'utilité que le pays peut retirer de leur gouvernement. Cette vérité vient d'être démontrée par les événemens qui nous occupent et la conduite de l'armée ne la démentira pas, car les vertus civiques sont aussi le partage de l'armée.

Dira-t-on que, malgré la centralisation qui fait de Paris le principal moteur de la France, on peut rester maître des provinces, jusqu'à ce que la capitale soit soumise ? Mais les dernières élections démontrent combien ces projets seraient chimériques. Partout le même esprit, partout la même exaspération hormis quelques provinces fanatisées, qui subiront la volonté générale comme le font les faibles minorités dans les assemblées délibérantes.

Enfin il se révèle depuis quelques jours une cause plus décisive encore pour fermer à Charles X tout retour au trône. Les hommes que j'appellerai politiques pour les distinguer des masses, ceux en qui réside la force morale de la nation ne voudront pas laisser échapper l'occasion qui vient s'offrir à eux de créer enfin un gouvernement véritablement constitutionnel et représentatif, à la place d'un gouvernement qui s'est paré des mêmes qualifications mais ne les a pas justifiées. Ils voudront imposer à un nouveau souverain comme condition de son élection une constitution qui, à la place d'une charte octroyée, nous donne un contrat synallagmatique. Ils stipuleront des garanties de son exécution qui ne puissent être éludées. Ils introduiront enfin dans ce pacte fondamental les améliorations dont l'expérience nous a démontré que la Charte était susceptible.

Ainsi la résolution invariable de Paris, l'impossibilité de soumettre une population capable d'anéantir des armées, les mouve-

mens insurrectionnels déjà commencés dans les villes les plus po-
puleuses, la dispersion et l'esprit national des troupes , les efforts
de tous les hommes dont le savoir exerce quelqu'influence , tout
garantit que Charles X ne ressaisira pas le pouvoir. Le roi s'est
trop compromis envers la nation , la nation s'est trop compro-
mise envers le roi. Ni les sujets ni le prince n'oublieront leurs
ressentimens ; tout rapprochement entr'eux est désormais impos-
sible.

Examinons ce qu'il convient de faire dans de telles conjonc-
tures.

A voir combien l'indignation du peuple s'est violemment mani-
festée contre la famille régnante, il semblerait que les masses n'ont
agi dans cette dernière crise que pour l'établissement d'une république ; mais quand on observe avec attention combien ce peuple,
même dans l'exaltation de son triomphe, a conservé l'amour de
l'ordre et le besoin de l'obéissance, combien il a de confiance dans
les chefs éclairés et prudens qu'il s'est choisis, on reconnaît qu'il
adoptera non seulement sans résistance , mais encore sans inquié-
tude les formes de gouvernement que ses mandataires auront choi-
sies.

La république n'offre pas de garantie de durée. Les mœurs en
France ont, il est vrai, presque cessé d'être monarchiques ; mais
elles ne sont pas devenues républicaines et ne peuvent pas, je crois,
l'y devenir. La république nous rejetterait dans ces insolubles
questions de principes qui n'ont que trop occupé la France. Tôt
ou tard elle tenterait l'ambition d'un usurpateur. A la guerre civile
qui nous menace déjà elle ajouterait un autre fléau plus terrible
encore, la guerre contre l'Europe et l'invasion de la France. Les
rois inonderaient encore la France de leurs hordes innombrables
plutôt que de laisser donner pour la seconde fois au monde le dangereux exemple de l'abolition de la royauté. Ce n'est pas que je
redoute les armes étrangères ; la France seule peut tenir tête à
l'Europe, si elle se lève en masse pour défendre son territoire et

son indépendance ; mais pourquoi troubler la paix, verser du sang, réveiller des haines, livrer plusieurs générations aux horreurs de la guerre, arrêter dans leur essor l'industrie et les arts, ruiner le commerce et l'agriculture, pour satisfaire le vague besoin d'une liberté indéfinie qui, tôt ou tard, nous livrerait aux mains d'un ambitieux et nous précipiterait sous le joug de la tyrannie? Que ce premier délire s'apaise, et on retrouvera dans tous les esprits le vœu de poser dès à présent les bases d'un gouvernement mixte, qui, conservant les formes monarchiques, ne donnât pas d'ombrage aux puissances étrangères, et qui, faisant du chef de l'état le gardien tutélaire des droits du peuple, nous assurât toute la liberté d'une république avec toute la stabilité d'une monarchie. C'est ainsi qu'il faut enfin doter la France de tous les avantages que peuvent offrir ces deux formes de gouvernement opposées, sans la livrer plus long-temps aux inconvéniens que chacune d'elles a présentés jusqu'ici.

Cette ligne une fois adoptée, on reconnaît de suite que les enfans de Charles X ne peuvent monter sur le trône d'où descend leur père. Le Dauphin, qui, dans quelques occasions graves, a fait concevoir de nobles espérances, ne consentirait à saisir le sceptre qu'avec l'approbation de son père, et si celui-ci avait abdiqué. — De dangereux ressentimens et de fâcheuses influences nous exposeraient encore aux mêmes abus que nous venons de détruire au prix du sang du peuple. Ce serait encore cet éternel système de ressaisir le pouvoir absolu avec l'aide et l'appui du sacerdoce, et l'éternelle lutte de la liberté et plus tard de nouveaux appels à la force et à la violence !

A ces mêmes dangers le règne du duc de Bordeaux en joindrait encore d'autres. C'est surtout après les troubles civils qu'une minorité entraîne des inconvéniens graves. Comment arracher ce jeune prince aux conséquences d'une éducation commencée dans une direction si contre-révolutionnaire? A qui, d'ailleurs, confierait-on le timon de l'état?

Les mêmes motifs qui doivent éloigner le Dauphin du trône le rendent également inhabile à s'emparer de la régence. Elle serait

dolic dévolue au rival naturel, au compétiteur du jeune roi ; et jusqu'à sa majorité, on verrait le monarque, incertain entre deux sys-
tèmes divergens, hésiter à adopter la politique de sa famille ou à se
conformer aux vues du régent, qu'on lui peindra et qu'il considé-
rera lui-même comme un usurpateur !

Redoutera-t-on d'avance l'ambition qui pourra mûrir un jour
dans cette jeune tête ? mais il existe déjà un prince dans la même
position, et je ne vois pas que la France s'en inquiète beau-
coup.

Aux grands maux les grands remèdes. Aucun de ces palliatifs
ne sauverait la patrie. Il faut un souverain élu d'après les principes
que j'ai posés. Tous les yeux se tournent, tous les cœurs s'élancent
vers le duc d'Orléans. Lui seul peut prendre les choses au point
où elles sont arrivées. Il acceptera la couronne comme un don du
peuple. Il adoptera les couleurs nationales qu'il a portées avec
honneur pendant notre glorieuse révolution. — Et qu'on ne s'y
trompe pas, cette considération est d'un grand poids. La couleur
d'un drapeau importe peu aux hommes pensans, pourvu qu'on y
inscrive une noble devise ; il n'en est pas de même des masses ha-
bituées à être impressionnées par des signes extérieurs. Le peuple
a arboré l'étendard tricolore, il faut que l'étendard tricolore soit
conservé. C'est pour lui maintenant la condition première de
toute transaction.

En appelant le duc d'Orléans au trône nous réduisons la révolution à une question de personnes qui n'intéresse plus assez les
puissances étrangères pour occasionner l'envahissement de la
France, dans un moment surtout où les rois ont des intérêts si
graves à surveiller sur d'autres points.

Le nouveau prince, que je voudrais voir saluer du titre d'Em-
pereur, pourra d'ailleurs invoquer de hautes amitiés dans les cours
étrangères. Les rois, tous prêts à monter à cheval si la royauté
était abolie en France, ont récemment prouvé deux fois que,
pourvu que le principe monarchique continuât de prévaloir, ils
s'embarrassaient peu que l'ordre de successibilité au trône fût in-
terverti.

Le nouveau gouvernement, pourvu qu'il recherche l'assentiment et protège les intérêts de la majorité des Français, n'aura à redouter ni les attaques de l'étranger ni les efforts du parti des princes détrônés.

Et combien ne trouvons-nous pas de motifs d'espoir et de confiance dans la noble conduite et le caractère élevé du duc d'Orléans ?

Instruit, judicieux, simple, économe et grand, il a fait ses preuves de bravoure dans les camps de la république et montré sa fermeté dans l'exil. Celui-là n'a pas subi sans en recueillir de fruit les épreuves de l'adversité. Chez l'étranger il a donné des leçons comme professeur de sciences, pour gagner honorablement, au lieu de les mendier, les moyens de soutenir une existence qui devient aujourd'hui si chère à la patrie.

Depuis son retour, donnant à tous l'exemple de l'esprit de famille, tendre époux d'une admirable épouse, père éclairé d'enfans doués de tous les dons naturels, il s'est consacré tout entier au bonheur domestique, à l'étude des exigences du siècle et des besoins du pays, et s'est montré d'autant plus digne du pouvoir qu'il a moins songé à le saisir.

Il a fait donner à ses enfans une éducation généreuse et nationale. Ils auront un jour pour sujets ceux parmi lesquels ils se sont assis sur les bancs des écoles publiques. Que de sympathie alors entre les gouvernans et les gouvernés !

Français, ne saisirez-vous pas avec empressement ce moyen de préserver la patrie des maux qui la menacent, en conservant, en assurant la conquête des libertés que vous venez de payer de votre sang ? Une dernière considération parlera à vos cœurs généreux plus haut encore que votre intérêt personnel. C'est la cause de la civilisation tout entière qu'il s'agit de sauver.

Vous n'avez à choisir qu'entre le joug que vous venez de briser et le gouvernement qui vous est proposé. En adoptant tout autre parti, vous jetez le gant aux rois ligués pour arrêter les progrès des lumières de la liberté civile et religieuse. Une conflagration générale embrase l'Europe ; peuples et rois vont se jeter dans une effroyable mêlée où les droits de tous peuvent être anéantis !

Unissons-nous donc une dernière fois pour assurer l'indépendance, la gloire et le bonheur du pays, et donner encore aujourd'hui l'exemple à l'univers.

VIVE LE DUC D'ORLÉANS !!!

ÉVERAT, IMPRIMEUR, RUE DU CADRAN, N° 16.